현대시세계 시인선 132

모래가 물로 변하는 눈부신 유혹

이이걸
시집

모래가 물로 변하는 눈부신 유혹

이이길
시집

도서
출판 북인

오래 전에 준비된 지금을
매순간을 흔들고 있는
심장

2021년 7월
이이길

차례

1부

백야행

홀로그램
— 백야행

표정으로 붙는 어둠과
어둠으로 만들어진 큐브를
돌아다니는, 528㎐
안테나를 세우고
읽으면서 읽히고 있다
해야 할 일처럼 번지다가
조금 더 우거진 얼룩
검정은 검정으로
회색은 회색으로

이 거리를 지났다는 증거는
나의 기억뿐이다
서성거리는 발자국을 끌어들인다
투명한 틈에 스며들고 있다
가지고 싶은 무늬로 깃들고 있다
수신 거부는 정확히 수신된다
보고 싶은 것을 보고
듣고 싶은 것을 듣고 있는
지금 구속 중이다

백야행 白夜行

불 꺼진, 램프를 쥐고 걷는다 햇빛 울창한 모래는 밝을수록 희미하다 페인트로 낙서된, 탈수증 걸린 지평선 풍경이 지루하다 강수량보다 몇 배로 증발하는 액체는 수직으로 흐른다 이 사막에는 오아시스가 없다 갈증이 심할수록 물의 흔적이 사라진다 불빛을 지우는 불빛으로 모래가 물로 변하는 눈부신 유혹, 지평선이 수평선으로 흔들린다 발굴할수록 분실된 목록은 늘어난다 출렁이는 모래가 삼킨 하체로 전해지는 발을 관찰하면 무족無足이다 백야의 국경을 넘을 수 없다 표류 형식으로 항해하는 유령선처럼 눈동자에 온몸이 붙어 움직이고 있다 가장 먼 방향으로 이루어진 가장 가까운 장소, 이해하는 것은 오해하는 것이다 현실 같은 꿈일 수도 있다는 집요한 의심까지 믿음으로 변한다 여기는 천국이거나 지옥이다* 생각을 점화시킨다 램프가 점점 밝아지면서, 너무 밝아, 배경이 어두워진다 통증으로 다가온 빛, 어스름한 창밖에 비가 내리고 있다 허공의 길이 생기자마자 사라진다 도착할 수도 없는 곳에 있다 하루 종일 지루하게 내리고 있는, 꿈은 본능이다

---

*호텔 캘리포니아.

14

7 & 11
— 백야행

모든 입구에 간판이 있다
익명의 행인을 기다린다
야맹증처럼 사라지는
오늘도 어제와 같은 세븐일레븐
간판에 불빛이 들어온다
좁고 긴 골목을 남기는
가로등은 듬성하게 연결된
무수한 궤적을 숨기고 있다
오래된 불빛을 기억하는
텅 빈 목록들이
전봇대처럼 올라간다
불빛을 더 부풀린다
장난으로 약간 비틀어둔다
센스등으로 깜빡거리는
행인은 사라지고
기울어진 문을 닫는다
좀 더 느린 시간이 남는다

도시의 청춘
— 백야행

교복을 입은 불빛이 내린다
낙서금지로 낙서된
매일 밤, 일층을 지나가는
무거운 가방에 든 암기용 희망
어디에나 있고 어디에도 없는 행복을
강요하는 수업을 받는다
바람이 불어도 꺼지지 않고
무거운 어깨를 타고내리며
걸음을 재촉한다
도시 유령처럼 떠다니는
손을 잡는 순간
불빛이 원하는 표정을 한다
어둠의 상상력을 잃어버린다
매일 같은 거리를 지나고 있다
전라의 불빛을 껴입은
이 거리를 암기하고 있다

호흡
— 백야행

　허공을 거대한 유리 캡슐에 담긴 물의 세상이라고 상상을 하면서 아가미를 몸에 붙이는 연습을 하죠 걸어다니는 어류가 아니라 내가 아닌 그 어떤 것이 되어보는 거죠 **생각으로** 유영을 하면서 물고기 시늉을 하는 게 하루의 일과죠 물 안에서 물을 찾는 기억은 늘 단편적이죠 액체와 기체의 공존이 불가능하죠 본능적으로 지느러미를 사용하는 시간이 늘어나고 있어요 피부가 비늘처럼 갈라지고 호흡을 분리수거하기 전까지 발견하지 못한 것은 늘 존재하고 눈을 뜨면 나는 아가미가 없어요 오래된 노력에도 불구하고 물고기가 어떤 생각을 하는지 알 수 없어요 감정의 부력을 제거하고 돌멩이같이 가라앉으면 수영을 배우는 것보다 익사하는 시간이 아주 긴 생물체가 되는 거죠 들숨은 들숨으로 날숨은 날숨으로 남겨진 투명 자국들, 필수품이 사라지고 있어요 모든 게 현재진행형으로 빈 공간이 되죠 물고기 자세로 매순간 부활하는 의심은 스스로를 밀어내지 못하죠 내 몸에서 잃어버리고 죽는다는 심정으로 뿌리에서 끌어올린 가장 중요한 것이 먼저 사라지는 중이랍니다

야간열차
— 백야행

   행복하세요? 행복하세요! 두 눈을 감고, 우연히 알고 왔
다고, 두려움을 두고 와서 더 두려운 여행은, 아무런 연고
가 없는 행복에서 행복으로 가는 길, 지도에 없는 간이역에
서 티켓과 함께 삶의 짐은 추가비로 지불하세요

   판타지 광장을 지날 때마다 엽서를 보내세요 **내일은, 당
신에게 갑니다** 패키지 여행으로 서성거리는 *지금*, 시작하세
요 풍경은 매순간 바뀌잖아요 라틴어가 지루해지는 수도원
을 지날 때마다 기도를 하려고 해요 기도는 원하는 것이 아
니라 원하는 것을 상상하는 것이지요 낮과 밤이 반반으로
뒤섞인 공간에서 보일 듯 말 듯 굽은 골목길을 지나고 28번
전차를 타지요 되돌아오는 것은 떠날 수 없는 것이죠 어디
로 갈지 모르고 언어가 통하지 않아도 한번도 가본 적이 없
는, 15분 후는 다시 시작된다 다시 12장 45쪽을 읽는다 붉
은 외투, 오래된 헌 책 그리고 리스본행 편도 티켓

창문에 붙은 도시
— 백야행

한 장에서 요동친다

스위치에서 무리를 형성한

왼손을 내민다

창가에 나뒹구는 눈썹으로

읽을 수 없는 명함을 만지작거린다

구겨진 계약서에 날인한다

끈적한 조명은

행선지 없이 흘러가고 있다

허공의 거리를 활보한다

그 얼굴, 검은 복면을 한

생생한 얼굴

미래 남자
— 백야행

난, 여기에 속하지 않아요
지금은 그냥 켜두세요
아무도 기다려주지 않고 지나가는
시간은 잊으세요
단지 스쳐갈 뿐
잃어버린 것은 없어요
복잡하게 생각하고 싶어지는 건
당신의 습성이에요
세상의 모든 시간을 갖고 있어요

손으로 만질 수 없는 걸
서로가 꽉 쥔다
주변은 무너지고 벗어난다
넓어지는 구멍으로 보이기 시작하는
불빛
기하학적 부호들이
서로를 넘나든다

제부도
— 백야행

A동과 B동, 사잇길에서 취객이 나오고
콘크리트 바닥이 흔들린다
중앙선 없는 도로와 연결된 방파제
거대한 직선을 남기는 엔진 소리는
둔탁한 녹물을 머금고 있다
가거라, 바다술에 취한 세월이여
막을 수 없는 불빛의 의지
직진성은 거리마다 가득한 그림자가 된다
어디에서 왔는지 알지 못하는
요금표는 빛으로 기록된다
더 깊은 어둠을 내보이는
바다와 그림자 섬
야생의 심장을 감싸는 저 검은 손들
악수를 권하는 불빛의 장식으로 진열된다
깊이를 알 수 없는
미세한 틈을 통하여 얼굴 없는
소리로 흔들리는 밤
금지의 영역은 점차로 확대된다

행남등대
— 백야행

바람의 군락을 이룬 어둠에

그림자를 뽑는다

모든 감각이 깨어난다

허공의 뜨거운 혈관으로 수혈된

풀들이 등대를 흔든다

수평선에 걸린 집어등과 등대 사이

불빛 진공을 유지하며

유배된 뱃길을 연다

하얀 미간에 방울방울 힘을 주며

독도를 바라본다

녹스
― 백야행

어둠이 모여든다
몇 겹으로 중첩된다 눈썹달이
하얀 페르몬을 발산한다
주술에 걸린 가지는
공중을 매달고 있다
본능으로 얽히고설킨
풍경은 무거운 짐이다
검은 고양이 눈 감은 듯
푸른 기억이 생략되고
등뼈가 휘어진 기둥들
사방으로 통과하는 귀가
눈이 되는 공간
부활은 무덤에서 시작한다
두 눈을 동시에 감으면
마법은 풀린다
사라진 구두끈을 동여맨다
도끼 한 자루를 들고
정령이 숨은 숲과 겹친다
허리를 내리치는
어둠은 거대한 사원이다

거미 세상

그물에 걸리지 않는 바람처럼
—『수타니파타』

그 이름을 알면 그를 지배한다

바람의 영혼에 소리가 깃들고
언어중추신경에서 몸부림치는
무수한 귀가 깨어나면서
더 많은 입이 얽히고 있다

씨부리 꼬부리 씨부리 꼬부리

2부

가상현실

모노드라마, 옴

다섯 손가락으로 당신을
연주할 거예요
웃음 반 울음 반
알몸들이 출렁이며
너무 아름다워, 아프다

동시에 수십 가지를 이야기하는
안단테, 모데라토, 알레그로
찰나가 지나면 사라질
매듭으로 서로를 묶는다

밀어密語가 가득한
당신의 깊은 곳에서
당신을 잊을 것예요
공기의 뼈대를 퉁기는
빈 몸으로 가능한 거예요

가상현실

메뉴판 페이지가 끊임없이 이어진다
허기진 감정이 만들어지고 있다
지루한 목차를 바라보면서
포크를 번갈아 이용하는
실수를 느린 동작으로 한다
선택하기도 전에
이미 손에 들린 뜨거운 물컵
깨진 유리판에 출렁이는 표정은
마침표 모양의 물음이다
갈증이 꿈틀거리고 있다
목록에 없는 메뉴를 주문한다
가격이 사라지기 시작한다
종업원의 얼굴이 똑같다
잃어버린 신분을 알 수 없다
잉크들이 진득하게 흐른다
멈추지 않은 것을 다시 시작한다
희미한 흔적이
선명한 흔적을 지운다

홍안의 얼굴

　사각의 인공연못에 생긴 둥근 물주름은 유희로 던진 옥수수 종자 몇 알, 살찐 잉어 내장에서는 반사적으로 소화액을 분비하고 옥수수 종자는 열매를 맺지 못하고 잉어의 살이 된다 연못 표면이 낙서처럼 주름지면서 회색 하늘이 점차로 주름지고 연못가에 자리한, 수련이 흔들린다 물은 수련을 잡고, 수련은 물을 잡는다 뿌리는 수직 힘을 주면서 잎은 수평으로 주름 진동을 흡수한다 하늘만큼 깊은 연못 수면에 잡다한 여름 색이 만발한다 주변 풍경을 복사하는 연못 세상과 연못을 만든 세상이 서로를 팽팽하게 당긴다 무량억겁이 지난다면 잉어는 옥수수 살이 된다 수련은 물이 되고 물의 입자는 수련이 된다 굳은 땅이 될 연못에 소낙비가 느닷없이 내린다 하동 최참판댁 처마에 좌판을 벌린 듯 앉은 여름이 가을로 생생불식한다 삭풍과 함께 지나갔던 겨울을, 다시 맞이할 겨울로 바라보고 있다

부두교
— 거울

당신은 바라보는 속성이다
아무리 멀리 있어도
측정을 당한 곳에서
로아*처럼 소환되고 있다
하얀 얼굴에 깃드는 주름들
신성을 잃어버린 선한 눈빛
리듬을 열고 출렁거리는
주술을 외우면서
북치고 노래하고 춤추고
마스크를 쓴, 수호신처럼

새로운 얼굴이 보이기 시작한다
숙주에 달라붙은
좀비처럼 들어온 늙은 표정이
믿음을 입고 있다

*로아Loa : 부두교 정령.

B시간에 B의 부재

A시간과 B시간의 간격은 일 초
그렇게 전제를 한 뒤, 믿는다
불신은 천국 아니면 지옥
1 더하기 1이 2이던 적은, 우연
$1+1=11$
일 더하기 일은 숙제
일 더하기 일은
모든 시간에, 모든 차원이다
병원에서 마지막 숨을 쉰, 아버지는
어디에 있었던 것인가
새로운 곳으로 도착하기 위해서는
먼저 길을 잃어야 한다고
암기를 한 뒤, 정답으로 믿는다
C공간과 D공간의 간격은 한 걸음
그 사이에서 길을 잃는다
잠시 동안 B시간에 B로 구성되면
그 순간부터 B시간 B가 아니다

아침 외 회사 1편

　레버, 벨트, 펌프, 체인, 볼트, 톱니바퀴, 스프링, 4기통 엔진의 조합으로, 조립된다, 엉킨다, 차갑고 뜨겁게 나머지는 상온으로 움직인다 낯선 길을 익숙하게 들려주는 내비게이션, 음식점을 지나가며, 허기진 메모를 추가한다 E에서 생긴 e의 기억으로, 여덟 개의 다리가 수족관 유리에 붙는다 작은 상자가 광장처럼 넓고 단단한 세계라고 여길 것이다 걸어온 행로를 돌아보면 모두가 풍경으로 구성되어 있다 오래된 철물점이 보이는 등대횟집에서 풍선 인형처럼 전단지를 읽고 내용은 기억하지 않는다 한몸으로 이루어진 통속소설, 가격은 낮추고 서비스는 올리고, 소음과 음악으로 아침을 따라서 회사로 간다 컴퓨터에 놓인 어제의 메모들, 노란 스티커를 읽고 있는 인물화가 되어, 의자에 앉아, 검색한다 투명 담장을 넘어 유년은 분실되고, 정지하면서 달리고 있다 소리가 더욱 잘 들린다고 귀를 기억한다 다시 커튼을 올리면 아직도 붙어 있는 그가 있다 커튼을 내리고 아침 사과를 먹는다 사과를 보면 아침을 닮는다 무질서한 무늬를 규칙적으로 끌어들이고 있다 스멀스멀 허물어지면서 서류가 뒤섞인다 서성거리는 두 개의 구멍으로 이루어진 눈동자, 깜빡거리는 왼쪽 아침과 오른쪽 회사는 한몸의 타인이다

투명계단

만남 전에, 떠날 방향을
이미 알고 있다

오던 길을 되돌아가도
다시, 시작이 없는 것과
비슷하다

광고처럼 지나간
주변을 맴돌고 있다

이미 도달한 목적지를
다시 목적한다

안과 밖의 경계로 이루어진
개구부에 도착한다

시간 광장

라디오에서 열두 시가 선고된다
모래시계처럼 **일 분, 이 분,**
허기진 배꼽들이 새어나온다
보도블록은 군락을 이루고
2인용 벤치와 나무 1그루를 풀어놓는다
자전거를 탄 사내는 체인 소리를 내며
기울어진 광장을 지난다
블라인더는 올려지고 블라인더에 갇힌
시간이 갑절로 부풀어진다

간판을 준비하고 있다
상점은 간판을 닮아가고 있다
상호와 상점은, 서로에게 무관하다
반나절 동안 나사를 조이고 용접을 하며
반복된 동작으로 조립해간다
간판 아래는 빨래를 널 듯 대형 유리가
풍경을 주렁주렁 매달고 있다
눈부시도록 기울어가는 태양은
아무런 일을 하지 않는다

폴더 여행

　폴더가 열린다 클릭을 하면 이진법 64비트 박자로, 영이면서 일이다 영과 일의 조합, 정해지지 않는 것 같으면서 정해진 업무를 한다 폴더가 닫힌다 하늘에서 구름은 비를 준비한다 약속을 한 듯, 우산을 준비한다 비와 관계없는, 커피를 마신다 카페인은 카페인으로, 설탕은 설탕으로, 우산은 우산과 관계없이 저장된다 소용돌이치면 커피 향이 된다 숫자 모드로 전환된 영과 일의 감정으로 익사하는 기분이 든다 커피점 이웃은 옷가게, 열 평이지만 팔지 못한 봄옷이 가득하다 편의점과 커피점 사이에 몇 개의 폴더를 지났는지, 폴더처럼 접힌 *스팸을 받는 느낌이다* 폴더가 닫힌다 나는 뒤섞이지 않는다 폴더가 열린다 나는 데이터로 흘러간다 검색하면서 검색당하는 선택은 친절하게 강요당한다 폴더 안의 무한한 폴더에서 아직도 열어보지 못한 여러 가지 이유와 함께 관음 중이다

홀리*

영혼이 육체를 떠나지 못하는 형벌을
노란 행복으로 여기며, 나는
매일매일 죽는다 비슈누 신에게
두 팔을 벌리고, 공기 구멍으로
두 팔을 끄집어낸다 (중략)
죽음은 부활한다

보호색처럼 드리운
투명하고 거대한 공기병
차가운 뱀을 휘어감은 더 차가운 뱀
서로를 사랑하듯 서로의 배고픔으로

탐닉은 영혼처럼 깊어지고
서로의 내부에 숨은
갈색 죽음으로부터 되살아난
무색 날개를 달고 무색 낙원을 향하여
정박을 하는 형형색색

나는 멈출 수 없다

＊홀리Holi : 힌두교 색色의 축제.

36

안개마을

이 마을은 거대한 벽이다
입구가 출구가 되는
부재 중이다
새로운 방으로 출근을 하듯
강제적으로 문을 열면
도어노브가 사라진다
걸음을 멈추면 문이 다가와서
나를 열고 있다
초대장 없이 열리는
문이 장소를 결정한다
문이 열릴 때마다
밤보다 깊고 넓고
오래된 제자리를 맴돈다
밀거나 두드릴 수 없는
문으로 이루어진
이 마을을
지나간 것은, 소문이다

미토콘드리아

세포 속에서의 세상은

그를 둘러싼 얇은 세포막

생명을 유지하는 데

필요한 만큼의 면적이다

눈, 귀, 코가 없다

사라진 입의 흔적은

구멍이 된다 줄줄이

흘러나가는 항문처럼

에너지를 배설한다

무상으로 유전자를 증식한다

삶의, 알고리즘이 작동된다

방정식

움직이는 것은 기울기를 받아들이는 자세이다 완전한 수평은 상상에서 가능하다 X축을 아침이라 하고 Y축을 학생이라고 하면, 증명할 수 없는 방정식에 이끌려 학원에 간다 걷는 게 아니라 걸음을 당하는 것이다 그를 움직이게 하는건 질문이다 매일 반복되므로 공식을 만들 수 있을 것 같지만 그의 관심은 공식을 벗어나는 것이다 우체국 신호등에서 문득 마이너스 숫자를 떠올린다 마이너스 세상, 마이너스 통장, 이 도시는 언젠가는 사라질 것이다 수취불명의 유일한 도피처는 유일한 상상이다 건널목을 건너는 정규직이 되었고 기다리는 습관에 익숙해진다 주민센터를 지나야 하고 이정표가 촘촘한 거리에서 길을 잃기도 힘들다 교과서를 펼치면 한번도 필요치 않는 문제를 풀어야 한다 거리의 신호등처럼 공식을 만드는 자가 있으면 이해하는 자가 필요하므로, 옆집에 산다 닫힌 창문마다 도시 모양의 세상이 비슷한 모습으로 자리하고 모든 창문에 태양이 떠오른다 알에서 깨어날지 후라이가 될지 모른다 한 때의 배추밭 무밭에 아파트가 자라고 아침에 출근, 저녁에 퇴근하는 걸음 사이에, 공간이 공간으로 변한다 한 문제를 끝내면 두 문제와 마주하는 무한 식을 풀고 있다

X파일, 태초의 어둠이 있다

빛보다 먼저 선명해지는 흔적
점점 사라지다가 깊어지는 여백

섞이지 않으면 점점 더 부풀어서
보는 자가 보이는 흉내를 한다

낯설어지거나 익숙해지는
심장에서 전달되는 생각들

과거는 기억이고
현재는 믿음이다

방안에 가득한 어둠이
소파에 앉은
빛보다 빠르게 일어난다

3부

편의점, 24시

바그다드 카페

가는 길과 오는 길이 붙어 있는
고속도로, 백미러 풍경으로
진득하게 흘러내리는
속도는 과정에 도착한다
오늘도 혼자 배달이 되는
calling you 음악처럼
허공을 지나 빈 곳에 앉는다
사방으로 사라지는 에스프레소 향
서너 개의 동전으로 떨어지는
지금을 떠나면 다시 돌아와야 하는
이유만 남는다고
주소들이 지나간다
천천히 사라지는 음색에
네온 빛이 젖는다
어디로 보낼지 방향은
과속을 하고 있다
목적 없이 출발점을 지난다
선택보다 더 빨리, 멀어진다

호모사피엔스

1
귀가를 서두르는 걸음에
출근하는 사람들
조금 남은 저녁을 떨이로 파는
짐칸의 불빛이
둥글고 얇은 하루를 굽는다
백열등에서 갓 구워낸
통근버스는 긴 발을 내려놓는다
인도 길을 달려가는 약속에도
지각은 늘 있는 일이다
허드렛일처럼 셀 수 없이
깜박거리며 사라지는 신호등
여전히 주파수를 수신하려고
채널을 돌리는 걸음
붉게 중첩되어 내려앉는
많은 시간을 먹고 있다

2
태양이 수평선에서 지면 물고기가 되나요 물고기 밥이
되나요 누구도 가져본 적 없는 것을 가지려면 누구도 하지

않던 일을 해야지요 아무것도 하지 않고 있는 게 제일 힘들
죠 어스름한 저녁쯤이고 잃어버릴 것을 찾으려고 있어요
사용법을 모르는 것은 소유하지 않을 거예요 내일이 마지
막이 되는 오늘은, 흔들거리는 벤치에서 지나가는 모습들
을 바라보는, 가장 재미있는 일을 할 거예요

겨울 판화

햇빛도 얼어붙어 떨어지지 않는다
동면의 졸음으로 다가오는
강한 추위로 더욱 강해진다
아름답고 차가운
그 행운은 사라지지 않는다
소멸에 대한 저항
앙상한 가지들이 칭칭 감은
창밖은 쉽게 변한다
서로에게 밀어내는 온기
겨울이 겨울로 변해간다
나무가 나무로 변해간다
유랑생활을 하는 바닥들
흔적을 남길 수 없는
햇살의 무게를 측정한다
구부러진 수많은 틈을 지나
직선으로 다가오는
행방불명된 흐름

잡지명 라이프

라이프스타일 잡지의 빈티지형 하우스에서
(교양책을 넘기듯) 살고 싶어요

키보드의 조합으로
잡지가 입력된다
하우스가 기록된다
업그레이드 과정으로
살고 싶어요가 출력된다
혈관을 타고
신경을 타고
다양한 방식으로 나누어지는
조립된 감정들
가까운 것은 좀 더 가까이
좌우가 바뀐 정상적인 모습
애매모호해지는 오늘은
어제 당신이 걱정했던 내일이다*
생존은 물음을 금지한다
그 이전의 시간만큼
그 이후의 시간 동안
구독되고 있는 중이다

*간디.

겨울바람의 도시

좁은 승차장을 떠나 무인 신호에 막힌 시내버스
둥근 바퀴처럼 섰다가

겹치고 일그러지고 서로가 서로를 통과하는
희미한 그림자가 지난다

봄꿈을 겨누어 허물어진 낙엽이
산발적 몸부림으로 돌아오는 동짓날

아귀가 맞지 않는 강화 유리문, 용도 폐기된
이층 빈자리에 먼저 앉는다

왼쪽에 오른손이 자리하는 거울
이마 주름을 닮은 머리카락이 헝클어지고

겨울 건널목을 건너는
얼지 않은 강물이 본연의 색을 허물어버린다

청각의 범인

달히는 문과 열리는 문이 다르다 건널목을 건너가는 왼발과 오른발이 달라진다 가로수 잎에서 증폭된 행적이 발생과 동시에 사라진다 민첩하게 흐트러지면서 몸을 낮추거나 발끝을 올린다 들어가고 나오는 방향이 다르다 모자이크 처리된 행로는 그래서, 그리고, 그렇게 진행되면서 앞뒤가 다르다 손과 다리가 빠르게 섞인다 보는 각도가 다르면 남다른 모습을 한다 완성되어가는 몽타주는 기묘한 표정을 한다 열두 방법으로 달라지는 주변을 끌어모으는 귀는 이를 알지 못한다 본능적으로 온몸을 떨고 있는 게, 자신이라는 것을

편의점, 24시

갈증은 혀의 통증
통증을 가할수록 즐거움은
두 배가 된다
쇼케이스에 진열된 상품이
일회용 손님을 선택한다
마네킹처럼 엇비슷한
옷을 입고, 상표들이
서로를 바라본다
서로는 서로를 모른 체
십방十方에서 거래되고 있다
패밀리마트에 혼자 있다
친절한 안내판은
혀의 유효기간을 알고 있다
브랜드를 입은 갈증은
소비되고 이웃처럼 조용하다
옷들이 앉는다
정리된 광고는 문을
닫기 전에, 문을 열고 있다

9월 여름

　가을바람은 칼이 되어 난공불락의 성을 넘는다 칼의 무리에게 널브러진 한때의 여름, 몇 겹으로 고립당해도 몇 개의 선들은 빈손으로 돌을 던지듯 저항하고 있다 흐르지 않는 것처럼 보이는 남가람 추월색, 남장을 한 군인처럼, 형형색색의 깃발로 위장한 가을의 약탈과 방화에도 쉽게 길을 내어주지 못한다 여름도 가을도 아닌 계절, 실금이 낭자한 의암에 탄환처럼 솟아지는 가로등빛, 그 작은 영역에서 토막토막 분리되고 있다 긴 손톱을 잘라내고 가락지를 양손에 낀 듯, 한층 단단해진 등불 한 장이 물 위를 걷는다

카멜레온 신전

쉿, 무서워하지 마
너무 다르지만
꿈이 아닌 걸, 알아

금발에 푸른 눈, 하얀 피부의

히잡을 걸친 어스름한 실루엣

모든 생각을 흡수한다

갈라지고, 휘감겨지고, 찰랑거린다

솜털을 세운 세로의 눈빛

神,은,없,다,는 믿음으로

神을 부르는, 오래된 주문처럼

반신반의로 부활하는 두 개의 혀

변신變身을 변심變心으로 읽는다

팔월 달력

　해변가 희미한 배경에는 무인도가 있다 파도는 광기의 이빨을 들이고 파라솔 어깨를 짓누른 땡볕 그림자는 발목을 당긴다 달력의 형식으로 쇠못에 걸린 바다, 수평선에 무인도를 표시하고 있다 오동나무 떼배에 기대어 바람을 타고 정착할 항구 없는 섬으로 숨을 조절한다 표피 물결이 일렁이는 깊은 흐름의 바다를 바라본 격정의 여름날, 파도처럼 낮아지다가 높아진 힘줄을 당긴다 느슨해진 선율을 조율하는 무딘 손끝에 눌려진 바람에도 휘어지는 억새풀 몸짓이 가득한 원시의 섬으로 나아가야 할 시간, 단잠을 깬 아침에는 돌바닥 보이는 시냇물에 스며든 가을 단풍이 혼자 붉어지고 있겠지

.

청춘 외전

빈 소주병처럼 쓰러지고
서로에게 얽매이는 게
전부인 거야
그 외 무슨 필요가 있어
늘 있는 일인데

우리는 세상의 슬픔
발행연도가 지워진 통속잡지
얼마나 다행이니
반쯤 파인 가슴으로
행복보다 더 오래 기억될 수 있는

보는 것은 이미 지나가고
보고 싶은 활자만 부착된
낡은 광고판이
반짝이는 단어를, 다른 색
다른 언어로 바꾸고 있다

흐느적거리는 행인에게
여기가 아니면 여기는

머물 수 없는 여백일 것이다
느리고 촘촘하게 지나가는
분침이 밀려가고 있다

공전

오늘도, 당신은 영원한 밤을 약속한다 (동시에 영원한 낮을 약속한다) 신은 없다고 기도하는 모습처럼 고장난 시계에 멈추는 시간은 없다 새들의 본능을 일깨우는 허공에서 도시를 만들고, 도시가 만든, 거대한 군중이다 똑같은 경험에서는 똑같은 모습이 재생될 수밖에 없다 예측 가능한 각도로 떨어지는 태양 빛은 벽이 되기도 하고 길이 되기도 한다 벽과 길로 이루어진 도시에 거대한 건물은 신전의 모습이다 기둥마다 이름을 붙이고 얼굴을 새긴다 죽을 수 없는 집시의 봄이 유행하면서 일제히 피고, 시들고, 다시 핀다 옷을 입었을 때 가장 아름다운 신분이 된다 꽃을 파묻은 콘크리트에서도 꽃은 피고 도시가 되어버린 봄보다 더 오래되어 되돌아오는 약속이 기다리고 있다 직선으로 보이는 거대한 원처럼 되돌아오면서, 분실된 장소가 찾을 수 있는 유일한 장소이다 거부된 나는 인정된다 이미 그 장소이다

호모스피리추얼리스*
— 쇼베 동굴

긴 시간의 통로를 지나면서, 삶은 타다 남은 숯과 탈 수 없는 흙이 전부다 주술에 걸린 불처럼 춤추는 낡은 모습은 사라지고 그림자는 남는다 입구에 배치된 수많은 계절이 지나간다 선두를 따라가는 무리들, 푸른 평원이 생기고 풀 냄새를 뿜어내고 얼룩이 남는다 한 줌 흙은 조개 목걸이를 하고 뼈피리를 불던 모습이었다 오음계 음악처럼 강의 위치가 변화고 너무나 가지고 싶은 창을 그가 던지고 있다 사라진 당신을 지나 날아온다 두개골을 뚫는 소리가 탕탕거린다 과녁을 맞히고 남은 여분의 힘으로 창이 떨고 있다 척추를 타고 내리는 진동에 매머드가 되었다 황소 머리를 두르고 춤추고 있다 모든 동물의 영혼이 지나간 몸이 되었다 육체는 영혼이 입고 있는 옷, 과거 느낌을 껴입고 있다 가상의 포물선을 그리며 남기고자 하는 것은 감옥이면서 낙원이 되는 시간을 견디기보다는 초월하는 것이다 서로의 구분은 사라지고 화석 알처럼 부활을 꿈꾸는 과거는 현재를 추월한다 정착생활을 하면서 잃어버린 이름 이전의 모습으로, 발굴을 당한다

* 호머스피리추얼리스homo-spiritualis : 동물의 영혼을 위로하는 종족.

진양호 노을

밖으로 향한 걸음이 되돌아오는 시간, 물질인지 영혼인지 경계가 모호해지면서, 먼 풍경은 선명하고 주변은 흐릿해진다 책을 읽어주듯 출렁거리는 수면, 사라지는 것은 그리워질 것이라고, 잠시만 있어달라는 목소리, 서로를 통과하면서 서로에게 사라지는 몸들, 천 개의 눈이 잠들고, 세상은 붉어지고 있다 거대한 귀가 깨어나는 밤과 낮의 경계에서, 한 개 심장에 달린 두 얼굴로, 서로를 경험하는 것이 아니라 서로를 받아들이고 있다

4부

나는 증인이다

대설주의보

신종 플루 백신을 맞은 아들이
자기보다 큰 눈사람을 만들고 싶다고
숙제처럼 중얼거린다
슈퍼마켓 점원은 일당처럼 눈을 모은다
모처럼 눈다운 눈이 온다고
텅 빈 도로, 아침의
두터운 외투를 껴입은
오후 2시은 여전히 진행 중이다
오지 않는 버스를 기다린다
프랜차이즈 광고 아래를
둥근 우산으로 지나가는 발자국
주차된 차와 거리의
쓰레기는 같은 모습이다
눈 속에 묻히기 전에
눈 속을 걸어가야 한다
하얀 색으로 지워지는 하얀 색들
하얀 날개를 달고
층층이 내려오는 방향으로
첫걸음이 흐른다

청동기 남자

지나가는 사람들을 감시하는 것 같아요 거대한 석실 모양의 천정에서 차가운 바람이 미지근한 온도를 유지하고 있지요 깨진 파편을 조립하여 한 송이 옹기가 만들어지고, 불규칙한 이음매가 무늬가 된 돌칼들이 전시되어 있어요 짐승의 심장을 난도질한 날카로운 칼끝은 아직도 부장품 옥처럼 매끄러운 곡선의 몸매를 유지하고 있지요 청동박물관 주출구 방향에 전시된 점토 가면의 유리에 비친 실루엣은 얼굴이 없는 남자예요 청동검을 휘두르고 싶은 팔은 아들의 손을 잡고 있지요 어두운 동굴 같은 유리벽을 박차고 벌판을 달리며 사냥을 하고 싶어요 같은 웅덩이에서 목마른 동물들과 물을 마시고 싶어요 묵묵부답의 가면은 철기를 숭상하는 야인을 바라보듯 청동검을 겨누고 있어요 유리로 격리된 철기와 청동기 시대, 긴 세월이 청동검에 반듯이 잘린 듯 합금되지 못한 시대를 동행하는 부자父子에게 불안한 동거를 하듯 조명이 내리고 있어요

3D_3G
— 동생 생각

가늘게 젖어가는 줄기마다
연꽃 모양의 입이 생긴다
수직 물음을 듣는
서로의 순간을 듣는다
사라지는 동심원은
산크리스트어가 되고
씨뿔뿔 언어*가 되기도 한다
읽을 수 없게
지그재그로 자란다
열반을 지나가는 그때
울음을 참지 못하는 아난다
같은 뿌리이지만
같은 흔적을 남기지 않는다
마르지 않을 것 같은
겨울에, 둥근 근육을 만들고 있는
소나무 숲에 있다

*프로그래밍 언어.

나는 증인이다

하루가 지나면 하루만큼
공소시효는 연장된다
죄목은 오리무중이다
죄수옷을 입으면 누구나
죄수가 된다
심증들은 물증이 없다
모두의 잘못은
그 누구의 잘못도 아니다
자수를 하면 형량이 늘어난다
불구속된 양심은
투명한 나체로 나뒹군다
몸부림치듯 저항하는
자백을 빈틈없이 응시한다
명백한 증거는 군중이라는
보호색을 입는다
살아가야 할 삶이
오래된 형벌이다

인형의 집

불행이 없이 불행한 시간
슬픔이 없는 슬픈 시간
그 외 모든 것은 쓰레기
아직 도착하지 않는 택배처럼
저는 아버지가 없어요
공부 잘하는 동생도 없어요
어른이 되었을 때, 더 이상
존재하지 않는 가족이 있죠
가족의 기억은
서로를 잊는 일에 집중했죠
부재 중 비밀을 가진
가족은 같이 있어야 하죠
모두가 잘되어야 모든 게 잘된 거죠
불편하거나 발랄한 가훈처럼

사랑 없이 사랑하는 사이
미움 없이 미워하는 사이

수목장
— 박노정 시인 1주년

나무는 종교가 없는 신앙이다 생명은 충분한 희망이다 죽은 뒤에 깨어나는 세포, 나비처럼 시작을 알 수 없는 복숭아 냄새, 빛과 공기를 먹고 자라나는 바람을 공유한다 왼쪽이 오른쪽보다 편리하다 심장은 300그램, 영혼은 21그램, 머리에서 가슴으로 묻는 일이 열 배로 무겁다 제사 의식으로 죽음은 완성된다 불빛이 꺼질 때 밝아지는 것들, 별이 빛나는 밤의 소리들, 너무 행복해서 불안했던 날들, 가시의 꿈을 지닌 붉은 것은 허락이다 너를 닮은 생각과 억양들, 되돌아갈 길이 끊어지고 사라지기 전에 남은 해골처럼 지울 수 없는 웃음, 솟대처럼 날아오르는 구름빛 새들

큐빅

얼굴을 마주하면 비밀이 생긴다 익숙한 벽과 틈과 모서리들, 제자리에서 방향을 바꾸는 것이다 냉장고에 저장된 과거 모습, 빈 그릇처럼 내용 없는 벽에 붙은 **공간이 너무 많아** 안전장치가 내장된 가스레인지에 수증기로 꿈틀거리는 꿈의 잔재물, 부력을 불어넣는 열기와 함께 사라진다 벽이 꺾인 장소에 이끌린 좌석, 목소리가 풀어놓은 약속들, 열쇠구멍으로 흘러간 소리들, 문을 닫고 숨을 참으면 더 많은 눈이 생긴다 손의 감각으로 이루어진 악수처럼 서로를 당기는 불빛이 없으면, 그 비밀은 벽과 나 사이에 숨는다

일월 애월

폭설은 수평이다
독방에 갇힌 이층에서
일층 잡담을 듣는다
아침마다 붉은 해를 잉태하고
손가락 사이에서 일렁이는 파도
겹겹이 포장된 하얀
카페에서 자폐증처럼 갇힌다
사람이 만든 흔적들이
우우우, 영혼 없는 울림에 사라지고
처음으로 스노체인을 건다
험담을 널어놓듯 문을 열고
오늘을 어제의 이야기로 듣는다
다시 내릴 것같이, 다시 그친다
그 사이 바다는 더 흐려진다
잔잔해지기 전에 일렁거리는 파도
속보는 지루한다

일당 배관공

용접 부분을 타고 내리는 녹물
검붉은 색으로 변하는 동안의 경력
법 없이도 살 그는 해결사이다
연장을 사용하면서 터진 곳마다
봉합하면서 막힌 곳은 뚫는다
배설물이 지나가면 오수관
먹는 물이 나오면 급수관
수압으로 오른 급수는
중력으로 떨어지는 오수가 된다
내용물마다 다른 재질, 다른
연결법을 익혀야 한다
가가호호 먹고, 싸고
밸브는 입, 티 모양의 항문
목에 달라붙은 소켓
엘보에 방향이 결정된다
배관을 적당한 기울기를 유지한다
내일은 월요일, 구멍난
하루의 작업은 시작과 끝을
부속처럼 가볍게 땜질한다

군인숲*의 시간

오랫동안 등대를 보지 못했다 삼백 년 된 나무그늘에서
마지막으로 본 등대 빛을 되살려본다 콘크리트 구조물에
파도는 숲을 이룬 물방울이 되어 그만그만한 세상을 잠시
버무리고, 버무린 세상으로 돌아간다 강철에 매달린 학섬,
모개섬, 늑도, 초량도의 군상群像처럼 섬이 아닌 섬의 문패
를 부여받는다 선박을 수리하는 공장에서 뱃고동 소리 없
이 출항하는 페인트 냄새에 늙은 기침을 하듯 바스락거린
다 낡고 녹슨 과거가 성형이 되듯 물적 증거는 증발하고 희
미한 기억은 섬처럼 고립된다 이마에 걸린 연륙교를 느릿
하게 넘어가는 태양의 힘으로 해류는 여울목을 지나는 강
물보다 빠르다 섬의 장막으로 수평선이 보이지 않는 바다
에서 멸치를 가득 실은 한 척 배가 바닷물 흐름을 따라 쾌
속으로 달린다

*삼천포 굴항에 있는 숲.

거미여자

잘록한 허리에 힘을 주고 엉덩이를 실룩실룩 거린다 빛
과 어둠이 공존하는 시간, 아침에 부순 집을 천형처럼 거꾸
로 매달려 짓는다 어둠에 수몰되는 하루의 거친 숨소리, 맥
박들이 거미줄에 걸린 먹이처럼 고요해질 때 하이힐을 신
고 각선미를 드러낸다 바야흐로 사냥은 시작된다 귀가의
가로등이 하나둘 켜지면 느릿느릿한 춤을 춘다 흑백 구름
에서 추락한 달빛 손가락은 곡선으로 굴곡진 거미의 허리
까지 성큼성큼 자란다 하얀 솜털을 세우는 달빛이 서리처
럼 깔리고 가시 담장에서 긴 손톱에 신경을 집중시킨다 세
상을 감각으로 판단하는 배고픈 그녀, 가시덤불에서 그물
을 치듯 노래를 얽어매고 있다

삼천포항

부두에 비가 정박 중이다 좌판을 벌인 청춘은 세월의 빗질에 주름진 피부를 차곡차곡 누른다 뱃머리에 내려앉아 메아리치는 것은 십중팔구가 빗방울이다 대낮에 켜진 가로등이 모가 없는 빛이 흩날리고 있다 콧잔등이 높은 부자 父子가 비린내가 물씬하게 풍기는 긴 포구를 걷는다 애인을 은근슬쩍 보는 아들은 아버지를 따른다 빈손의 바다와 텅 빈 도로에서 추월하지 않는 걸음으로 지나가고 있다 기준이 없는 세상, 공용의 바다를 앞마당처럼 활용하는 회집은 외산으로 번창한다 먼 배경의 푸른 섬들이 비와 함께 희미하게 지워진다 가까운 바다의 쓰레기들은 정박도 항해도 없이 제자리를 맴돈다 출렁거리는 파도에 실려오는 해묵은 고백은 더 이상 연인의 소리가 아니다 손님을 기다리는 그녀는 어부를 잉태하지 않을 것이다 난전 바닥에 파인 홈마다 날카롭게 후려치는 빗물을 머금고 있다 밀물을 기다리는 등대가 형벌처럼 서있다

춤꾼

넘어질 듯 일어나는, 그는

어둠과 빛을 모두 사용한다

일그러진 표정은 약점을

드러내듯 숨긴다

고요한 방을 채우는 숨소리가

공중에서 기초를 짓는다

지문으로 남은 시선들은

앞과 뒤를 공평하게 지배한다

시공을 점유하지 않고 존재하는

유한과 무한 사이,

■ 해설

환영의 세계에서 주고받는 고백과 역설

우대식/ 시인

　이이길 시인의 첫 시집『모래가 물로 변하는 눈부신 유
혹』은 제목이 암시하는 바대로 현실 혹은 자연과는 거리가
먼 상상 혹은 환영의 세계에 대한 탐구를 보여준다. '신은
죽었다'는 명제가 어떠한 공포도 없이 승인되는 시대 속에
서 이 세계는 무엇이냐는 물음은 더 복잡한 양상을 띠고 있
다. 과연 이 세계는 우리가 생각하는 것처럼 합법칙적 원리
가 작동하는 곳인가 하는 것에 대한 물음이 예술의 핵심적
과제로 떠오른 것이 한 세기 가까운 일이 되었다. 시집 제
목이 모래가 물로 변하는 눈부신 기적 정도였다면 오히려
근대적 기획 속에서 바라본 신에 대한 향수 정도로 이해할
수 있었을 터였다. 그러나 눈부신 유혹이란 결과적으로 우
리로 하여금 실현되지 않은 환영의 세계를 떠도는 정신의
유랑자로 만들고 있다. 전치 불가능한 것으로부터의 눈부
신 유혹이란 금지된 영역에 대한 사유이며 동시에 일반적
인식체계에 대한 반역을 의미하는 것이기도 하다.

74

이 시집 전체가 일관되게 추구하는 것은 보이는 것들로부터 보이지 않는 것들을 탐구하는, 그리하여 시인 자신만의 세계를 구조해내는 일이다. 이러한 일은 예술에서 자주 목격되는 일이기도 하다. 다만 물적·현실적 토대가 엷다는 점에서 허무의 세계 언저리를 떠도는 경우를 여러 번 보아온 터이고 보면 이도 쉬운 일은 아니다.

시집을 넘기며 마주한 첫 장의 「시인의 말」은 매우 인상적이었다. 그 자체로서도 감동적이었지만 시집을 다 읽고 다시 앞으로 돌아와 읽어보았을 때 고개를 끄덕이게 되었다.

오래 전에 준비된 지금을

매순간을 흔들고 있는

심장

—「시인의 말」전문

오래된 미래를 연상케하는 이 글은 영원과 찰나의 길항작용을 잘 보여준다. '매순간'으로서의 현재는 오래 전 준비된 시간이며 생명의 약동으로서 '흔들리고 있는 심장'이란 어쩌면 영원과 찰나를 견인해온 깨어 있는 자들의 운동성이라 할 것이다. 그럼에도 불구하고 시는 종교가 아닌 까닭에 심장 소리의 지향이 어디로 향해 있는지, 시간은 어디에서 정지하는지 알 길이 없다. 혼돈 속에서 미세한 감각에 의존하여 앞으로 나갈 뿐이다. 그에 대한 기록이 이 시집이라 할 것이다. 1부 백야행의 연작은 영성 가득한 환영의 세계와 묵시록을 연상시키는 예언들로 가득 차 있다.

표정으로 붙는 어둠과
어둠으로 만들어진 큐브를
돌아다니는, 528Hz
안테나를 세우고
읽으면서 읽히고 있다
해야 할 일처럼 번지다가
조금 더 우거진 얼룩
검정은 검정으로
회색은 회색으로

이 거리를 지났다는 증거는
나의 기억뿐이다
서성거리는 발자국을 끌어들인다
투명한 틈에 스며들고 있다
가지고 싶은 무늬로 깃들고 있다
수신 거부는 정확히 수신된다
보고 싶은 것을 보고
듣고 싶은 것을 듣고 있는
지금 구속 중이다

—「홀로그램 - 백야행」 전문

제목으로 쓰인 홀로그램은 물체의 표면으로부터 반사되

는 빛을 기록했다가 3차원 상에서 재구성해 보여주는 기술을 뜻한다. 이 홀로그램 기술은 나날이 발전하여 누군가 마치 옆에 있으면서 3차원적 움직임을 보여주는 데까지 이르렀다. 시에서 홀로그램은 시각적 형상으로 드러나지는 않는다. 시적 화자가 불러온 홀로그램의 세계는 굳이 말하자면 3차원 관념의 세계라 할 수 있다.

"어둠으로 만들어진 큐브"를 떠돌아야 하는 운명의 주체는 비극성을 내포할 수밖에 없다. 어둠의 공간을 떠돌아야 하는 그것이 생명이든 관념이든 결코 어둠의 언저리에서 벗어날 수 없다는 인식은 시적 화자로 하여금 더 투철한 자기 인식을 갖게 한다. 문장이 복문으로 되어 있고, 생략되어 정확한 의미를 파악하기에는 어려움이 있다.

가령 "528Hz/ 안테나를 세우고/ 읽으면서 읽히고 있다"는 문장만 보아도 읽고 읽히는 주체가 제시되지 않은 점과 안테나와 관련된 용언이 들린다가 아니라 읽으면서 읽힌다로 구조되어 있다는 점이 시의 의미를 구체적으로 이해하는 데 어려움을 불러오고 있다. 치유의 주파수로 알려진 528Hz는 자유, 건강, 기쁨, 평화, 인류의 신성한 운명 등의 이행을 위해 필요한 요소로 평가 받고 있다. 어둠의 큐브 속에서 528Hz를 듣는 일은 폐허의 터전에서 꾸는 평화의 꿈이라 할 수 있다. 어쩌면 시적 화자에게 이 세계는 폐허의 터전이 되어버렸고 실재가 아닌 홀로그램의 공간으로 인식된다.

"이 거리를 지났다는 증거는/ 나의 기억뿐이다"는 선언은 실존적 측면을 보여주는 동시에 합리성이라고 하는 근대적 기획에 반기를 들고 있다. 그 무엇도 한 자아가 이 세계를 살다갔다는 것을 보증할 수 없다. 투철한 실존만이 그 증거가 될 뿐이다. "보고 싶은 것을 보고/ 듣고 싶은 것을 듣고 있는/ 지금 구속 중"이라는 진술은 보고 싶은 것 혹은 듣고 싶은 것에는 자유가 없다는 생각이 녹아들어 있다. 보고 싶은 것 혹은 듣고 싶은 것은 현실의 다른 이름이다. 끝내 시적 화자가 추구하는 세계란 이 현실 너머의 세계이며, 현실과 너머 혼돈의 상징적 이미지가 '백야白夜'라 할 수 있다.

불 꺼진, 램프를 쥐고 걷는다 햇빛 울창한 모래는 밝을수록 희미하다 페인트로 낙서된, 탈수증 걸린 지평선 풍경이 지루하다 강수량보다 몇 배로 증발하는 액체는 수직으로 흐른다 이 사막에는 오아시스가 없다 갈증이 심할수록 물의 흔적이 사라진다 불빛을 지우는 불빛으로 모래가 물로 변하는 눈부신 유혹, 지평선이 수평선으로 흔들린다 발굴할수록 분실된 목록은 늘어난다 출렁이는 모래가 삼킨 하체로 전해지는 발을 관찰하면 무족無足이다 백야의 국경을 넘을 수 없다 표류 형식으로 항해하는 유령선처럼 눈동자에 온몸이 붙어 움직이고 있다 가장 먼 방향으로 이루어진 가장 가까운 장소, 이해하는 것은 오해하는 것이다 현실 같은 꿈일 수도 있다는 집요한 의심까지 믿음으로 변한다 여기는 천국이거나 지옥이다* 생각을 점화시킨다 램프가 점점 밝아지면서, 너무 밝아, 배경이 어두워진다 통증으로 다가온 빛, 어스름한 창밖에 비가 내리고 있다 허공의 길이 생기자마자 사라진다

도착할 수도 없는 곳에 있다 하루 종일 지루하게 내리고
있는, 꿈은 본능이다

＊호텔 캘리포니아.

—「백야행白夜行」 전문

　그가 설정해놓은 풍경으로서의 백야행은 낯선 공간이다.
"불 꺼진, 램프를 쥐고 걷"는다는 설정 자체가 비일상의 극
치이다. 그것은 시적 화자가 추구하는 세계가 가시적인 세
계가 아니라 비가시적이라는 세계라는 것을 의미한다. "탈
수증에 걸린 지평선 풍경이" 지루하다고 진술하고 있지만
"증발한 액체가 수직으로 흐"르는 신기한 공간이 백야행의
풍경이다. 비논리적 세계로서의 백야행은 "불빛을 지우는
불빛으로 모래가 물로 변하는 눈부신 유혹"으로 독자를 이
끈다.
　태초의 혼돈을 연상시키며 영성이 발휘된 문장들은 역설
을 주된 수사적 방법으로 삼는다. "발굴할수록 분실된 목록
이 늘어난다"거나 "가장 먼 방향으로 이루어진 가장 가까운
장소"와 같은 주요한 진술이 담고 있는 역설의 의미는 이
세계는 진정한 의미로서의 참된 곳이 아니라 인식을 바탕
으로 하고 있다. "백야의 국경을 넘을 수 없다"는 자각이야
말로 현실과 꿈의 경계에서 위태롭게 견뎌야 하는 초월적
자아의 비애를 담고 있다. 그 비애의 내면을 구체적으로 보
여주는 것이 다음과 같은 구절이다. "현실 같은 꿈일 수도
있다는 집요한 의심까지 믿음으로 변한다"는 고백은 깨어

있는 자의 세계 인식과 공포를 동시에 보여준다. 의심이 믿음으로 변하는 현실이 그 공포의 주된 요인으로 지속적인 자기 각성과 기록이 이이길 시인에게는 시라는 다른 이름일 수도 있겠다는 생각을 하게 된다.

"여기는 천국이거나 지옥이다 생각을 점화시킨다 램프가 점점 밝아지면서, 너무 밝아, 배경이 어두워진다 통증으로 다가온 빛, 어스름한 창밖에 비가 내리고 있다 허공의 길이 생기자마자 사라진다 도착할 수도 없는 곳에 있다"는 시 구절은 온통 역설로 구조되어 있고 백야 즉, 밤에도 해가 뜨는 현상이 현실로 재현되어 있음을 보여준다. 생기자마자 사라진 허공의 길이란 위태로운 자아의 현실적 지평이며 그 현실은 바로 떠날 수도 도착할 수도 없는 곳이다. '나는 생각한다 고로 존재한다'는 데카르트의 명제에 대해 '나는 의심한다 고로 존재한다'는 명제를 성립시키고 있는 문장들은 여전히 위태롭다.

앞에서 잠깐 언급했지만 이런 경우 허무주의의 나락으로 빠질 위험이 농후하다. 그럼에도 불구하고 그 허무를 견딜 수 있는 기제는 인식적 차원에서 자신의 삶을 여행이라고 규정해놓은 까닭이다. "두려움을 두고 와서 더 두려운 여행은, 아무런 연고가 없는 행복에서 행복으로 가는 길, 지도에 없는 간이역에서 티켓과 함께 삶의 짐은 추가비로 지불하세요"(「야간열차 – 백야행」 부분)와 같은 표현은 부제로 쓰인 백야행의 목적지가 암시되어 있다. "아무런 연고가 없는 행복에서 행복으로 가는 길"에 대한 이해는 의미론적인 접근보다는 백야행이라는 이미지로 접근하는 것이 더 효과적이다.

백야가 가진 몽환과 혼돈의 이미지와 "판타지 광장"(「야간열차 - 백야행」 부분)은 야간열차의 목적지가 현실적 의미로서의 백야의 공간을 뜻하는 것이 아니라는 사실을 알게 해준다. "시작하세요 풍경은 매순간 바뀌잖아요"(「야간열차 - 백야행」 부분)라고 시적 화자가 점잖게 권하는 장면은 자신의 세계관을 명백히 보여주고 있다. 불멸이나 이데아와 같은 것은 애초에 없으며 추구해야 할 보편적 가치도 의미가 없다는 태도가 그것이다. "편도 티켓"(「야간열차 - 백야행」 부분) 하나로 떠나는 여행이 삶이며 그러한 과정조차도 냉랭한 시선으로 바라보는 인식적 거리야말로 비극적 정서를 조장하거나 허무의 세계를 확장시키는 데 반대급부의 역할을 하고 있다. 이런 의미에서 좋든 나쁘든 이이길 시인은 아무도 가지 않은 길을 가고 있다.

이 시집 2부의 제목을 훑어보며 보이지 않는 것에 대한 지향으로서의 시적 태도를 다시 한번 확인하게 된다. 「가상현실」, 「투명계단」, 「안개마을」 등 불확정성의 이미지들로 가득 차 있음을 발견하게 된다.

메뉴판 페이지가 끊임없이 이어진다
허기진 감정이 만들어지고 있다
지루한 목차를 바라보면서
포크를 번갈아 이용하는
실수를 느린 동작으로 한다

선택하기도 전에

이미 손에 들린 뜨거운 물컵

깨진 유리판에 출렁이는 표정은

마침표 모양의 물음이다

갈증이 꿈틀거리고 있다

목록에 없는 메뉴를 주문한다

가격이 사라지기 시작한다

종업원의 얼굴이 똑같다

잃어버린 신분을 알 수 없다

잉크들이 진득하게 흐른다

멈추지 않은 것을 다시 시작한다

희미한 흔적이

선명한 흔적을 지운다

　　　　　　　　　　　　　―「가상현실」전문

　이 시의 제목은 이 시집 전체에 대한 은유의 형상을 하고 있다. 끝없이 이어진 메뉴판과 허기진 감정이 만들어진다는 시적 진술은 일상의 시선으로 보자면 혼돈 그것이다. 그러나 인간들 스스로에 의해 끝임 없이 학습되어온 사실 자체만을 세계의 진리 혹은 진실이라고 할 수만은 없다.

　"깨진 유리판에 출렁이는 표정은 마침표 모양의 물음이었다"는 다소 모호한 문장에서 방점이 찍힐 곳이 "물음"이라는 점은 매우 의미심장하다. 근본적으로 이 세계의 모든 것에 대해 회의한다는 태도를 보여주기 때문이다. 모든 것이 결정되어 마침표 모양으로 세계가 존재한다 할지라도 기실 그것들 모두 물음의 대상이라는 사실을 이 시는 천명하고 있는 셈이다. 철저한 회의 속에 "목록에 없는 메뉴를 주문"한다는 것은 결국 세계에 가시적으로 드러나지 않은 것에 대한 옹호이며 "종업원의 얼굴이 똑같다"는 것은 위악적 진리가 구축한 인간의 실상인 것이다.

"잃어버린 신분을 알 수 없다"는 고백적 진술은 초월적 자아가 바라본 현실의 속살이며, 누군가에 의해 규정된 자아의 모습이 "잉크들이 진득하게" 흐르는 형상으로 그려지고 있다. "희미한 흔적이/ 선명한 흔적을 지운다"는 것은 결국 감추어진 진실로 드러난 허상의 세계와 싸우겠다는 의지의 표상이라 할 수 있다. 그럼에도 불구하고 현실과 가상의 세계는 경계로서의 혼돈을 늘 품고 있으며 결국 또 다른 회의와 의심으로 세계를 바라보게 된다. "이미 도달한 목적지를/ 다시 목적한다"(「투명계단」 부분)는 진술은 현실과 가상의 혼돈상을 여실히 보여주고 있다.

시적 화자는 어떤 위태로움에 처해 있다. 그것은 앞에 말했듯 일상에 대한 회의에서 비롯된 측면이 크다. 이 회의의 구체적 증언은 가령 "도시가 만든, 거대한 군중이다 똑같은 경험에서는 똑같은 모습이 재생될 수밖에 없다"(「공전」 부분)와 같은 구절이다. 이 군중으로의 편입은 인간에게 안락한 삶을 보장한다. 하지만 이에 대한 회의는 존재론적 값을 가지고 있기는 하지만 그에 대한 반대급부로서 현실적인 괴로움을 동반할 수밖에 없다. 어쩌면 이 부분이 예술의 불편함이 위치하는 지점이기도 하다.

거짓된 세계의 한 전형이 도시이며 그 상징적 공간으로 편의점이 자리한다. "브랜드를 입은 갈증은/ 소비되고 이웃처럼 조용하다"(「편의점, 24시」 부분)는 진술은 장 보드리야르의 후기산업사회에 대한 비판을 연상케 한다. 물질이 넘쳐나는 사회에 상품의 사용가치는 무화되고 이미지화된 기호가치를 사고파는 현실에 대한 비판적 시각을 볼 수 있다. 후기자본주의라는 욕망의 공장에서 핀 꽃이 바로 광고라는 지적은 오래 전부터 있어 왔다. 이이길 시인이 "정리된 광고는 문을/ 닫기 전에 문을 열고 있다"(「편의점, 24시」 부분)고 말하는 부분도 광고의 문은 언제나 열려 있다는 것을 보여준다. 그 안에서 살아가기가 이이길 시인에게는 시 쓰기와 같은 의미인 것이다.

불행이 없이 불행한 시간
슬픔이 없는 슬픈 시간
그 외 모든 것은 쓰레기
아직 도착하지 않는 택배처럼
저는 아버지가 없어요
공부 잘하는 동생도 없어요
어른이 되었을 때, 더 이상
존재하지 않는 가족이 있죠
가족의 기억은
서로를 잊는 일에 집중했죠
부재 중 비밀을 가진

가족은 같이 있어야 하죠
모두가 잘되어야 모든 게 잘된 거죠
불편하거나 발랄한 가훈처럼

사랑 없이 사랑하는 사이
미움 없이 미워하는 사이

—「인형의 집」전문

이 시의 제목은 유명한 헨릭 입센의 희곡 「인형의 집」을
끌어왔다. '인형의 집'으로 상징되는 인습의 굴레를 벗어버
린 노라는 심지어 종교마저도 무엇인지 모르겠다며 의문을
제기한다. 당대 사회의 파장은 신성한 결혼과 가정, 그리고
종교마저도 부인되었다는 사실이다.

이이길 시집이 지향하는 탈출과 부정의 의미를 이 시를
통해 이해할 수 있다. "불행한 시간"과 "슬픈 시간"을 제외
하면 "그 외 모든 것은 쓰레기"라는 선언은 그가 생각하는
인형의 집이 어떠한 곳인가를 가늠케 해준다. 입센의 희곡
에서 아버지나 남편과 같은 존재로서 "아버지"나 "동생"이
없다는 사실은 노라의 비극보다 더 비극적이지만 "존재하
지 않는 가족이 있"다는 진술은 오히려 텅 빈 느낌을 제공
한다. "모두가 잘되어야 모든 게 잘된 거죠"라는 발언은 이
이길 시인 특유의 감정을 소거한 발언 스타일을 보여준다.
그가 나온 집은 아버지도 동생도 없고 존재하지 않는 가족
이 있다는 것으로 요약할 수 있다. 그가 욕망하고 갈등하는

것은 관계의 문제가 아니라 존재의 문제라 할 수 있다.

관계는 늘 역설적으로 규정되어 있다. "사랑 없이 사랑하는 사이/ 미움 없이 미워하는 사이"라고 규정하였을 때 사랑과 미움은 사실 어떠한 편차도 가지지 않는다. 집을 나올 수밖에 없는 존재로서 살아가기란 어쩌면 실존적 고아의식을 동반한다고 할 수 있다. 이 경우 끝없이 스스로의 존재를 되물어야 한다는 점에서 "안과 밖의 경계로 이루어진/ 개구부에 도착한다"(「투명계단」 부분)는 고백과 같은 맥락을 보여준다. 아무도 살아보지 못한 세계로의 가출은 안과 밖의 경계를 살아가는 일이며 자신이 처한 세계를 회의하는 일이기도 하다. 어쩌면 일반인들에게는 혼돈스러워 보일지 몰라도 시적 화자는 경계에 서서 끝없이 자유를 지향하고 있는지도 모른다. "물질인지 영혼인지 경계가 모호해지면서, 먼 풍경은 선명하고 주변은 흐릿해진다"(「진양호 노을」 부분)는 고백은 풍경을 빗댄 표현이지만 내면의 한 풍경이기도 하다.

시를 읽으며 지독한 이 회의 속에서 살아가는 인간의 삶이란 괴롭겠다 싶으면서도 예술의 근간이 이 지점 어디에 있지 않겠는가 하는 생각을 하면 약간의 위로를 가지게도 된다. 앞에 말했듯 이 길은 이이길 시인만의 길이다. 보이지 않는 길이기에 더 외로울 터이지만 그의 시를 읽다보면 태생적인 측면도 있겠다는 생각도 한다. 더러 아래 인용시와 같은 절창의 영혼의 노래도 불러가며 먼 길을 가시라.

폭설은 수평이다

독방에 갇힌 이층에서

일층 잡담을 듣는다

아침마다 붉은 해를 잉태하고

손가락 사이에서 일렁이는 파도

겹겹이 포장된 하얀

카페에서 자폐증처럼 갇힌다

사람이 만든 흔적들이

우우우, 영혼 없는 울림에 사라지고

처음으로 스노체인을 건다

험담을 널어놓듯 문을 열고

오늘을 어제의 이야기로 듣는다

다시 내릴 것같이, 다시 그친다

그 사이 바다는 더 흐려진다

잔잔해지기 전에 일렁거리는 파도

속보는 지루한다

―「일월 애월」부분

현대시세계 시인선 132
모래가 물로 변하는 눈부신 유혹

지은이_ 이이길
펴낸이_ 조현석
기   획_ 고영, 박후기
펴낸곳_ 북인
디자인_ 푸른영토

1판 1쇄_ 2021년 10월 01일
출판등록번호_ 313 - 2004 - 000111
주소_ 121 - 842 서울 마포구 서교동 467 - 4, 301호
전화_ 02 - 323 - 7767
팩스_ 02 - 323 - 7845

ISBN 979-11-6512-132-7 03810
ⓒ 이이길, 2021

이 책은 진주시에서 발간비의 일부를 지원받았습니다

책값은 뒤표지에 있습니다.
저자와 협의 아래 인지를 생략합니다.